AF505095

CUENTOS RUINES

CUENTOS RUINES

RUIN ANDRADE

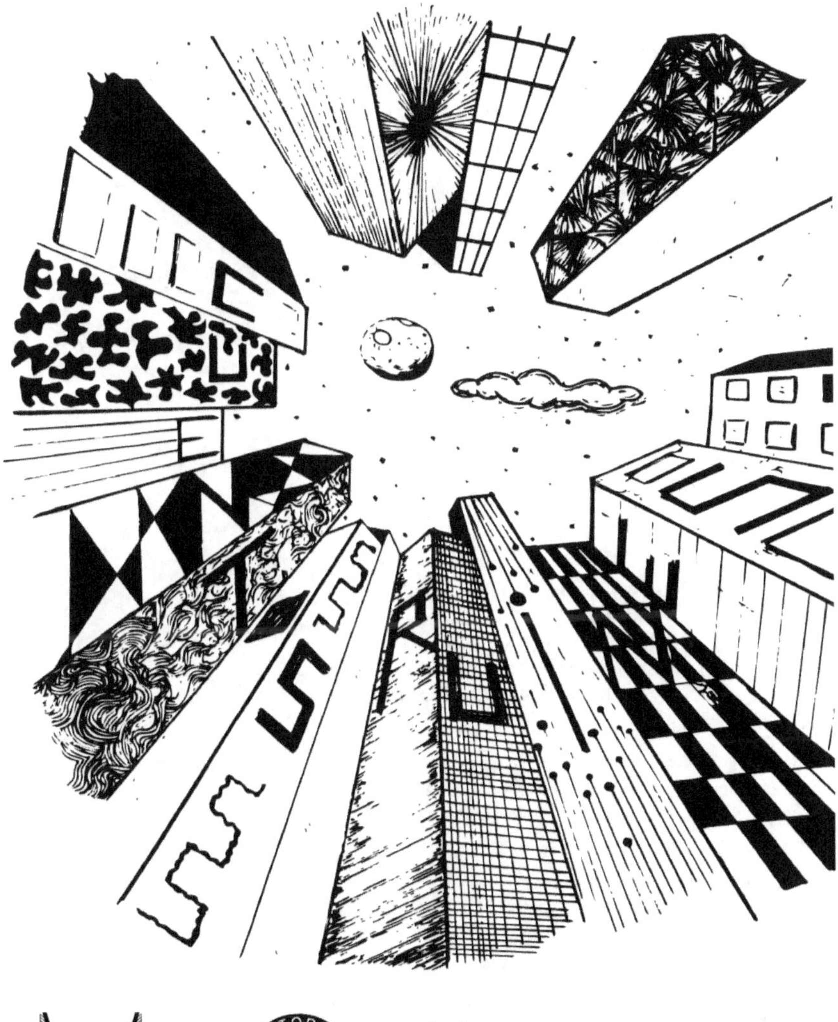

Título de la obra
Cuentos Ruines
2021

RECONOCIMIENTOS

Corrección de estilo: Claudia Guerra
Ilustraciones: Nancy Cristina Núñez
Diseño y maquetación tipográfica: Bruno Bellmer

Segunda edición en Editorial Escombros
en coedición con Herrera Communications,
Plan de Vuelo y Vitrali Ediciones, diciembre, 2021

Impreso y hecho en California, E.U.A.
Printed and made in California, U.S.A.

PRÓLOGO

En la curva del pensamiento estaciona la razón, desafiando estampar contra la cordura que viene en alta celeridad dando carrera al desatino mental, es ahí donde nos instala la pluma de Ruin Andrade, entre los holanes que crea la velocidad en la carretera de la existencia, como eje y comienzo del todo, entre los prismas de la perseverancia e insistencia siempre un paso adelante, anunciando con antelación las contracciones que da la vida, un paso adelante como aquel que detecta un quejido de gato a punto de colisionar en piso; Cuentos Ruines nos maúlla al oído estridencia emocional y nos dice entre líneas: despierta que la vida es breve, ¿qué somos sino la cotidianidad disfrazada de encuentros con mujeres-gato, con el psicópata que vive en los adentros y abismos de algunos seres; qué si no las respuestas al final de una vida que ostenta mostrar la piel avejentada y deteriorada para preguntarnos si valió la pena el viaje?

Historias que son fragmentos en la armonía estridente que tararea la tinta de Ruin Andrade, letras que despeñan en el abismo donde su mente expande para mostrarnos y poner al descubierto nuestras emociones y pensamientos reflejados en personajes, actitudes, situaciones y determinismos que el sistema ha impuesto; lo que tenemos entre las manos no sólo es un libro, es un espejo o charco que yace debajo de una banqueta de pensamientos, reflejando nuestra propia mirada como lo hace nuestro personaje Hank en su dualidad humana a la que es sometido por reacciones autómatas empapadas de cobardía, o el vacío que enfrenta cada mañana al preguntarse frente al espejo ¿qué hacemos aquí? El retomar el día creyendo que algo cambiará para volver por las noches al mismo sitio; letras que apuntalan la humildad o la soberbia de nuestros actos, lejos de pretensiones lingüísticas el río de letras que crea Ruin nos adentra en un lenguaje coloquial ávido de situaciones que podrían ser rutina en la vida de cualquiera que haya hurgado

en sus emociones, quien haya reflejado en los pensamientos de venganza o traicionado sin más por un poco de sexo entre las piernas que prometen mentiras, espacio desnudo a las dicotomías, inmensurable territorio donde nos invita nuestro autor, traspatio del laboratorio en los cuentos, reflejos de cualquier ciudadano promedio, que ha sometido el sistema a vivir empleándose en roles que prometen una vida vulnerada, terminando a la mitad del día con pocas monedas en el bolsillo masticando una torta y preguntándose las razones de estar subordinado a este sistema sin oportunidades; así nos van enclavando los catárticos renglones que exponen a flor de piel una crítica social, que dan por resultado la búsqueda y reconocimiento de nuestras propias angustias y represiones, tal como nos instiga Carl Gustav Jung; en una batalla constante nos invitan las siguientes letras al autoconocimiento, a hurgar en nuestra fuerza y debilidad mental incluso emocional, a través de sus personajes con índoles disociadas, nos muestran conductas que podremos distinguir en algún conocido o nosotros mismos, personajes que podrían ser nuestra sombra, aquella de la que nos habla Jung, este material psicológico y reprimido, arquetipo que nace desde nuestros primeros días por constructos de los otros; reconocer la dualidad del mundo a través de varios elementos que nos expone Cuentos Ruines, una parte oscura que yace en los adentros de la humanidad, no basta ser negada; el siguiente libro hará presente y expuesta nuestra sombra, o la sombra de alguna extensión geográfica como es Iztapalapa con la historia lóbrega y turbia de los Cortés y los Díaz, o los futuros momentos que serán despojos detrás de nosotros como lo exterioriza Andrade en un futuro distópico, enunciando que la materia es materia y la carne es carne, que los sobrevivientes son aquellos que luchan contra su sombra, la dominan y reconocen su fortaleza para vivir en un mundo lleno de accidentes, instantes colmados de intervalos bellos que prometen un beso largo al final del cuento, otros terminar agachados con el recto pegado al suelo rascando la comezón de lo que hubiese sido. No podemos dejar de lado los libres y creativos trazos de Nancy Cristina Nuñez, que narran en imágenes cuento a cuento, donde de forma precisa

atrapa la mirada entre sombras y texturas, líneas estilográficas que refieren frases de cada historia, colmada de detallismo abstracto, al mero estilo del británico Aubrey Vincent Beardsley, llena de intensidad nuestra ilustradora nos envuelve en un viaje óptico de figuras orgánicas por momentos cargadas de crueldad, ironía y otras macabramente bellas, que nos hace recordar al autor de culto Edward Gorey, sin lugar a dudas los dibujos poéticos y llenos de humor negro dirigidos por la mano femenina, acompasan y conforman el viaje en este libro, imágenes abiertas que sugieren repensar en la vida propia, dualidad continua que nos plantea Nancy, que van desde lo grotesco hasta lo naturalista; es así como Cuentos Ruines invita a trazar en dialogo abierto un mundo cargado no sólo de palabras sino imágenes. El señor Andrade con su mordaz narrativa nos inyecta tinta en la reflexión disfrazada de diversión y momentos chuscos, historias con alto contenido de humor negro, aquel que me recuerda el cine italiano de Ettore Scola, con Brutti, Sporchi e Cavitti, con personajes igual de sucios y cínicos a los de este libro; es así, como ilusionista de la palabra el escritor nos introduce a una lectura del mundo, por momentos despiadado y otros con gran descripción de imágenes que van desde lo bello a lo escatológico, para decirnos: ¡Despierta, abre los ojos, sé crítico social, mira este mundo cómo desgaja, reconoce tus azoramientos para poder entonces ser un creador de ilusiones! ¡Yo miro lo que tú escondes, incluso debajo de la piel, y no tengo la menor objeción en delatarte, me atrevo a denunciarlo y levantar la voz, aun así sea tachado por ruin!

Así que sobre advertencia no hay engaño, preparemos el botiquín de emergencia junto al salvavidas o paracaídas para adentrarnos a la mar o al abismo que nos ofrece el torrente o caída cuentista de un mundo hermoso, pero que cuando se lo propone puede ser muy ruin.

Aérea Indira

GATO

Confieso *haber asesinado* siete gatos, haber dejado con sólo tres piernas a dos más y estrangular a todas las chicas que me han mostrado ese comportamiento arrogante de felino callejero, mi aversión a los gatos comenzó cuando fui atacado por uno de ellos en mis días de infancia, me pareció un ser amigable y tierno, caminaba por el tejado todas las tardes cuando el viento sopla para agitar la copa de los arbustos, y así poner a trabajar la ruidosa orquesta desordenada del trinar de aves silvestres, su paseo era cotidiano y puntual (6 p.m.) daba un salto de la punta de la viga de madera más cercana a la gigantesca jacaranda, para comenzar ascender lenta y sigilosamente, decenas de veces le vi perderse entre las ramas, una de esas tardes subí al árbol con la inocencia intrínseca de un infante de diez años, para acariciar su sedoso pelo grisáceo, acto que correspondió el maldito felino con arañazos iracundos a mis mejillas, hasta hacerme sangrar, después de lastimarme le observé huir de un brinco, no sin antes voltear a mirarme con sus ojos demoniacamente firmes y burlones, mientras el llanto y la sangre se fundían cayendo entre mis manos. Conservo las marcas de su ingratitud en el rostro, pero él pronto perdió la vida, desató en mí esa naturaleza de asesino que trato de ocultar siempre por miedo a las represalias, uno aprende desde pequeño y bajo la rigurosa formación de los adultos y su visión limitada de lo correcto o incorrecto,

que asesinar es malo, sin embargo, —¿no es verdad que debieran morir por nuestras propias manos todos aquellos que nos hacen daño?— fabriqué la trampa certera que le haría pagar su osadía y antes de soltar el último "miau", sufriría peor que si hubiese caído en las manos de un chef chino; descubrí que esa hora a la que ascendía a la copa del árbol, era para esperar a sus presas: pajarillos que volvían para dormir, resguardarse del viento o anidar y dar vida a otra ave pelona y ruidosa; en sólo un par de días adquirí todos los utensilios necesarios para su captura. Debo decir que subestime en un principio la sagacidad del gato, pero la paciencia que engendra la venganza debe ser sostenida, construí un mecanismo perfecto con poleas, engranes e hilos resistentes, escuché a la presa que ascendía creyéndose cazador, cuando fue atrapada por la pata trasera derecha, quedando suspendido, maullando como un infante hambriento, rosado y con cólicos, emitió un estremecedor y desesperante chillido mientras pataleaba tirando arañazos al viento con sus filosas garras, lo contemplé con una mirada similar a la suya como cuando me hizo daño, esperé a que se cansara y até con cinta sus garras para evitar que volviera abrir surcos en mi piel, inyecté anestesia para dormirlo plácidamente sobre una plancha de madera, en mi laboratorio particular del traspatio, corté meticulosamente su barriga dejando sólo una ligera capa de piel, subí al tejado y lo coloqué muy cerca de la viga que servía de trampolín al minino, nuevamente haciendo uso de esa paciencia de lagarto a la espera de la presa, me mantuve atento hasta verlo despertar, levantarse y despabilarse con estiramientos para intentar el salto al árbol, en ese instante del brinco que aun retengo en la memoria, vi caer sus viseras al suelo mientras él extendía sus patas para llegar al árbol que le proveía de alimento, cayó sin ninguna resistencia ante la gravedad, debido al peso de sus tripas sueltas, agonizó bajo mi contemplación satisfecha, mi madre preguntó qué pasaba, mientras la agonía del animal maldito se disipaba, sólo respondí:

—No sé, creo que se cayó del árbol el gatito.

Los seis siguientes murieron sin crecer más de dos semanas, maullaban todas las noches sin descanso, nacieron en la azotea de mi vecino; una noche no soporté más sus ruidos infernales, decidí subir a hurtadillas hasta su cuna improvisada para arrojarlos a un costal sucio que encontré ahí mismo debajo de ellos, amarrarlo para poder girarlo sobre mi cabeza como una onda primitiva y lanzarlo fuertemente hasta estrellarse en la pared del baldío contiguo, fue necesario repetir la operación cuatro veces más para culminar el trabajo, satisfecho miré el contenido multicolor en la última revisión al interior del costal, regresé a dormir en un silencio envolvente y placentero, los gatos quizá son los animales más crueles en su reino, gozan como yo el torturar a sus presas y burlase maliciosamente de ellas antes de acabar con sus vidas. Esto lo supe cuando tuve que dar consuelo a un arrepentimiento pasajero después de haber asesinado a Bertha, seguramente le quise bastante y aún más experimente una atracción física irresistible, su peor error fue haber estudiado el comportamiento de estos ingratos animales y mimetizarlo a su personalidad, caminaba suavemente con altivez, su arrogancia le proporcionaba cierta atracción imposible de ignorar, su mirar malicioso y los movimientos de su cabeza eran precisos, marcados con un ritmo animal como el de los gatos con los que convivió en casa de su abuela, una vieja añeja con cara de cuervo y alma fría; íbamos en la prepa, la noche que tuvimos sexo ronroneó en mi oído, pretendiendo pasar por una mujer gato, ¡vaya ridiculez!, no tuve más opción que estrangularla mientras recibía sus arañazos, contemplé su rostro hasta que quedó azuladamente inmóvil; que complicación desaparecer un cuerpo, no es igual a dejar seis gatos en un costal sangriento, cada vez que veo una chica con esa actitud menesterosamente felina, experimento una repulsión intolerable que puedo disimular para alcanzar mi fin.

He puesto a prueba la caída firme de los gatos y las mujeres gato, todas las mujeres gato al caer de más de quince metros de altura, han muerto inmediatamente, pero dos gatos me han demostrado que cuentan con habilidades admirables de supervivencia; a uno de ellos lo dejé caer de un décimo piso y sólo perdió una pata en un maguey plantado en el jardín del hotel donde fue puesto a prueba, el otro perdió la garra con la ventana, cuando logré atraparlo tratando de robar mi cena y después demostrarme una caída limpia con sólo tres patas desde el séptimo piso, ese sí que me impresionó.

TANIA

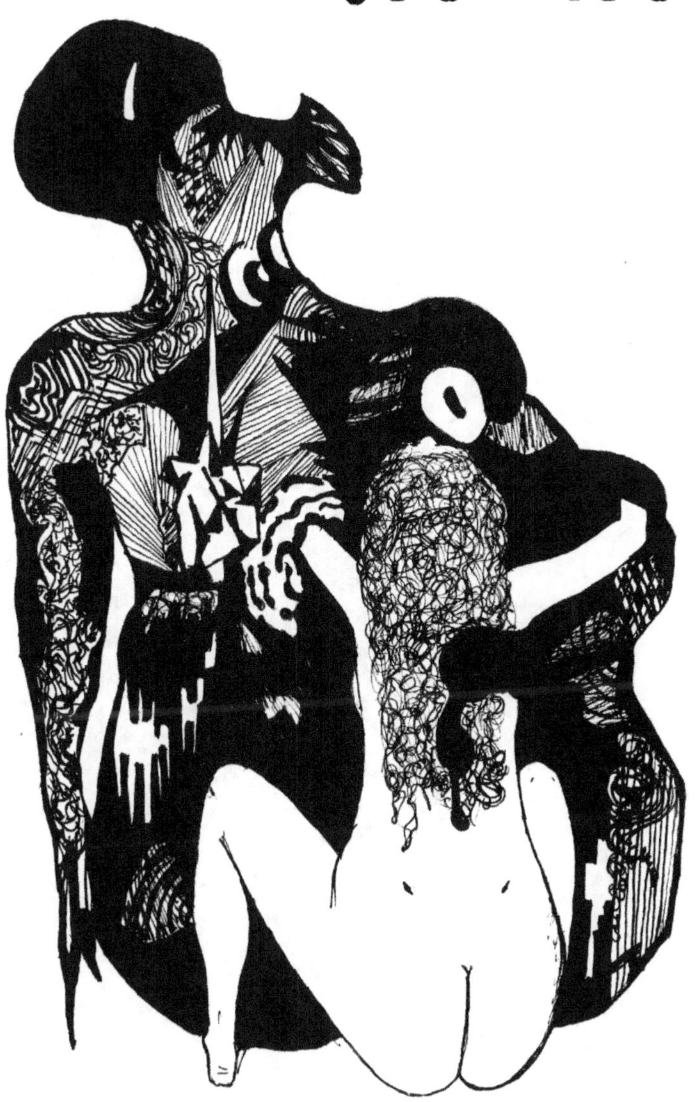

—¡*Corre maldito hijo* de tu puta madre, porque si te alcanzo, te va a cargar la verga...!

El viento enfriaba el sudor que escurría en mi cara, por momentos me sentía desfallecer. Todo pasaba rápido en sentido opuesto. Las piernas parecían de una gacela a un ritmo que no debía perder o hasta ahí llegaría mi existencia. Escuchaba la ira en las mentadas de madre retumbando en mis orejas, que vibraban como gelatina a cada golpeteo de los pasos acelerados de mi carrera. Algunas piedras como proyectiles, chocaban cerca del trazo de mi recorrido en salvación de mi pellejo. Tras de mí venía El Memo, con un bate de aluminio en la mano, dispuesto a golpearme el cráneo hasta que los sesos se esparcieran en el pavimento como muchas veces ha pasado con quien se pasa de verga con nosotros. Pensé en jugarle al *warrior*, como en la película, cuando cansados de correr se paran y deciden echarle huevos con los bateadores en el parque, pero aquí no era película. Lo único verdaderamente posible (si me atrevía a detenerme) era que terminaría como alfombra en plena sacudida del polvo, así que corrí para ganar. Afortunadamente, había podido hablar con él antes de la amenaza de que iba a valer verga y se metiera a su vocho por el bate. Confiaba en que reflexionaría. La verdad yo estoy convencido de que no tengo la culpa... reconozco tener un irrefrenable gusto por la inmersión de

la macana, ¡pero caray...! ¡Ya estamos peludos y verijones! A estas alturas ya debería saber cualquiera que la banda no es guardería de putas. Él tuvo la culpa por llevar a Tania, que además de estar sabrosa ya tiene edad suficiente para elegir a quien le da las nalgas, además yo le pregunté que si andaba con El Memo, y dijo que no, que sólo eran amigos. Yo qué culpa tengo de que haya pendejos que se inventan amores eternos, o que olvidan que antes de cualquier filosofía pedorra que proclama la monogamia como verdad absoluta, somos animales instintivos.

No paré hasta que dejé de sentir la persecución a mis espaldas, una vez que me aseguré que el peligro había pasado, me detuve a toser casi hasta el vómito. Me recargué en una pared con un mensaje pendejo que decía "Volveremos abrazarnos, Acción Poética", que quizá algún pinche mariguano sin quehacer, con pelos enmarañados y una carrera frustrada de poeta con falta de talento, pintó, creyendo que lanzaba un gran mensaje a todo aquel que lo leyera. Comencé a caminar con cautela, con los cinco sentidos a las vergas, rodeé el barrio para no hallarme con el ofendido y reavivar las llamas de su venganza, hasta que llegué a casa como un conejo asustado.

—¡Vale verga...! —golpeé el mueble viejo junto a mi cama. ¿Por qué este cabrón no aprendió a compartir?, ¿se quedó en el viaje de adolescente? El juego de los adultos es el sexo: ni modo que invitara a Tania a jugar a las muñecas. ¡Qué no mame, pinche Memirris!, según le juega al *open mind*, platica de libros y películas bien densas, pero se espanta de la verga y se abraza de los huevos. Pinche falso, hace cualquier cosa para parecer interesante el hijo de su puta madre, pero en realidad es un pinche anatematizado con ideas de telenovela del canal de las estrellas. Cree que la cabeza sólo es para peinarla en día de fiesta. ¡Qué chingue a su madre! Mi emputamiento estalló ante mis cavilaciones y la seguridad de mi resguardo. Llamé a Tania para ponerla al tanto de lo ocurrido y sólo se limitó a decirme— Ese wey está loco, no le hagas caso —*«como si el no hacerle caso me envolviera en un manto protector contra los chingadazos»*.

Por supuesto, por más pinche drama que le pusiera a mi narración, no alcanzaba ella a imaginar el peligro al que estuve expuesto tan sólo unos minutos atrás. Ella no se preocupaba por nada, ni tenía porqué hacerlo, sabía que le llamaban PuTania los camaradas de la banda y eso nunca pareció incomodarle. Incluso, yo por eso me animé a aventarme el tiro: a mí me gusta que sean bien putas, me gustan las gallinas jugadas, nada de mamadas de andarle haciendo al pendejo con el cortejo y esas pendejadas *«ay sí, vamos al cine, te invito un helado, un café»* y todas esas chingaderas. Total, ellas como nosotros, saben cuándo lo que se busca es un palo. ¿Para qué darle tantas vueltas a la verga para darle una mamada? Ni hablar... el que toma chocolate, paga lo que debe. Y ahora debía un corazón roto... La neta sí me había dicho El Memo en una de sus consecutivas pedas, que andaba muy tarado por esta chica, que él sí la quería derecho y no sé qué tantas babosadas más. La verdad no le puse mucha atención, porque las confesiones de los ebrios están de hueva, y regularmente es mucha estupidez que repiten una y otra y otra vez. Pero entre tanta estupidez que vociferó mientras el vaso de su alcohol estaba chueco en la mano, y yo me cuidaba de no ensuciarme, me di cuenta que estaba enamorado, aun así, me aventé mi brinco doble: ¿qué puedes hacer en esas condiciones?, si la vieja te dice que no hay pedo y tú también quieres entrar al ruedo, ¿qué, a poco van y le preguntan al camarada enamorado si se pueden echar un atravesado? ¡Ni madres!, apuesto que cualquiera va y se ensucia los bigotes, ¿no?

Pues eso exactamente pasó. Me aventé al ruedo y ahora el placer efímero de un palo había destrozado la amistad de tantos años con mi camarada. El pedo era que El Memo le iba andar jugando al chillón, y todos los culeros que como él, que empatan en esas ondas de que *cero con la vieja del camarada*, aunque ni vieja tengan porque están pa' la chingada, o siempre andan erizos, ebrios o grifos, y (volviendo al tema de los animales) no son muy dignos de posicionarles entre los alfa; entre esos dimes y diretes, el que estaba destinado a pasar como culero era yo. Otros estaban a mi favor, por supuesto. Al cabo de los días, comenzó a revelarse la división de la banda en dos bandos: los que me consideraban culero y los que sabían que El Memo estaba obsesionado con una vieja que ni le hacía caso, además ¿cómo le iba hacer caso? A las mujeres no les atraen los endebles, ni los conmiserados, ni los pinches melosos, los encimosos, los que le juegan al investigador, los pinches inseguros, ni celosos que aburren con su discurso del patito feo. Tanta miel pone de la verga a cualquiera. Me topé a El Memo días después de su arrebato de enamorado traicionado y ya no hizo pedo, sólo me ignoró, seguí mi camino. Total, así son las cosas. Los caminos se separan y cada quien busca su rumbo. Así que yo iba nuevamente rumbo entre las piernas de Tania.

VIEJO

Parece *que me* he acostumbrado a este olor a orines secos y sudor rancio, a la peste hedionda de mi aliento, al esfínter anal que ya no retiene los gases; así que con la pena ahí les van las flatulencias. Además, para mí y todos los de mi clase está permitido hacer pendejada y media. Es una gran ventaja que Tobías y El Sr. Vitalis hayan creado esa falsa imagen de que los viejos somos tiernos, comprensivos, sabios, amorosos y todo sinónimo de debilidades y ternura, generadores de lastima ante todo aquel a quien estorbamos con nuestras oxidadas y reumáticas articulaciones. Nunca quise llegar aquí, a la antesala de la muerte, a la exhibición del deterioro de la vida, al almacenaje de enfermedades y representatividad de pedos para los demás, al maldito cobro de la vida cruel, sin embargo, aquí estoy en esta agónica y vergonzosa situación, odiando en silencio al mundo, añorando el tiempo pasado y odiando el tiempo actual que cobardemente no detengo. Aquí tratando de engañar a todos, tratando de ocultar mis pensamientos envenenados, mi auto-recriminación constante por no haber hecho y deshecho todo cuando pude, por estarle jugando al ciudadano ejemplar, al apego moral, dejé ir vivas varias palomas, dejé ir días donde no puse ni una huella y ahora que me ha cargado la verga, bramo reclamando al cielo en esta decadencia que me anuncia próximo el fin. Se aletarga el tiempo para torturarme aún más, avanzo lo que puedo, me detengo a descansar mi fatigado andar. Algunos jóvenes también me odian, lo veo en sus rostros, un inocultable desprecio, mi imagen les recuerda a dónde van, quisieran evitarlo, hacerlo inexistente, sin embargo cada día que pasa resta vida, fuerza y energía a la existencia; me alegra saber que también se los cargará la verga como a mí, es más, quisiera ser yo el que les pusiera en la madre, sobre todo a esos jóvenes pendejos que desde pequeños muestran dotes para ser inútiles, desvergonzados y flojos, tan similar a un viejo decadente, sólo que con edades cortas. Quisiera exterminarme con ellos y hacerle un favor al mundo, pinches ninis debieran envenenarse colectivamente junto a sus computadoras, teléfonos inteligentes y poca creatividad, pero la realidad es que ya no puedo, carezco del poder para levantar siquiera la cuchara al momento de comer, pero gozo durante mis momentos de descanso, mientras imagino dispararles a cada uno de los que a mi lado caminan sin preocupación alguna. Por momentos me pierdo en las nalgas de las señoritas que se pasean impunemente con sus ropas atrevidas, chicas que argumentan que su atuendo no es para verles con morbo ni deseo, pero... ¿qué más puede experimentar un viejo maldito como yo?, castigado por Dios y su infinita maldad. Observo en éxtasis los culos deliciosos de las señoras que saben que todavía aguantan un piano, incluso algunas poco agraciadas que con el maquillaje y un conjuntito agradable provocan deseo, les miro pasar y hago todo tipo de conjeturas en la mente. He visto entrar a las secretarias con sus jefes a los hoteles de Tlalpan, a las amas de casa con sus amantes, a las jovencitas con ancianos casi tan decadentes como yo pero con dinero y medicamentos a su alcance para tensarse la verga y el corazón, a empresarios con sus novias, a todo tipo de ojetes a los hoteles, muy sonrientes antes de coger, igual puede ser que el marido esté entrando a algún otro lugar con otra mujer. Ahí es donde quisiera golpearme la cabeza contra los muros, por haber dejado ir tantas oportunidades que pudieran hacer quizá más feliz mi existencia al recordarlas, al revivir placeres, pero no, me encargué de desperdiciar miserablemente la vida. Entonces se despierta en mí la envidia, ese sentimiento vil que te incita a poseer lo que los demás tienen y sufrir infinitamente por no alcanzarlo. Lastimarme con el palo de la ira por haber desperdiciado mis días en pendejadas. En esos estados deseo que todas esas chicas lleven entre las piernas las peores enfermedades de trasmisión sexual para que se les quite a los ojetes andar sumergiendo la macana en vaginas que no les corresponden o que los varones el pito lo tengan cubierto con virus no visibles que acaben con ellos y sus damiselas. Que bien les vengan enfermedades terminales, llagas y dolores por andarle jugando a los *don juanes*. Me rabia su lástima, su asco, su neurosis que me respira cuando asciendo o desciendo las escaleras de algún lugar público, me doy cuenta que más de uno quisiera patearme el culo y lanzarme como proyectil escalera abajo, y la verdad es que lo deseo sincera y fervientemente, pero no son pendejos, saben que no valgo un carajo como para endeudarse con una chingadera como yo.

Cada mañana al abrir los ojos y descubrir un nuevo día, siento el dolor más profundo y la pena más onda por mí, otra vez existir un día más. Todo alrededor es pequeño, limitado y feo, así es para los pobres, todo es siempre empequeñecido, amontonado, restringido, siempre limitado, con limitaciones hasta en el deseo. Maldita sea la puta vida que me ha tocado, maldita sea la puta vida en la que he temido al Dios que en este último tramo de existencia me condena a la miseria, me castiga en el desprecio y la humillación de los demás, principalmente de mis familiares, que dicen que me aman, pero de quien sólo recibo gritos y ofensas hirientes. Ya les llegará su turno hijos

de puta, ya tendrán que atravesar esta parte tan indeseada de la vida, llorarán como yo. Los hijos somos unos perros mal agradecidos, no valoramos cuando los viejos nos pretenden guiar, ahora me revuelco en la conmiseración por haber sido así, también un pinche perro mordiendo la mano que le dio de tragar, quizá es la regla de la vida, por lo menos aquí en los jodidos. Me pregunto si la vejez de los ricos es tan miserable como la nuestra, no debe ser tan diferente, sólo que ellos tienen colchas limpias, oxígeno que alarga su agonía, enfermeras que les tratan peor que mierda y dinero suficiente para pagar su cajón donde alimentarán gusanos igual que yo. Ellos provocarán grandes enemistades entre los vivos por arrebatarse el botín que el maldito viejo haya dejado, su muerte hará relucir lo peor que hay en las almas ambiciosas de todos aquellos que se vieron favorecidos por el dinero que generó el anciano decadente. Vaya que la vida es una mamada.

Escapo todas las mañanas con las fuerzas que aún me quedan de esta casa que me atormenta, para caminar en las aceras de esta ciudad monstruo que nos devora y se alimenta de nuestras vidas. Cada calle, cada construcción de esta ciudad aparentemente inmortal está plagada por las vidas maltrechas de miserables como yo, por nuestras almas, por el trabajo de todos los que dentro de su vientre nos molemos, nos destruimos, nos matamos, nos violamos, nos envidiamos, nos engañamos, nos traicionamos, nos apuñalamos, nos hablamos de amor y terminamos negociando las compañías.

Los cuerpos son mercancía con periodos útiles y deberían ser desechados al momento de cumplir con la caducidad o la productividad. Debiera haber una ley que nos permita morir en el momento que queramos, una formación cultural más madura y real para poder morir con dignidad y ver a la muerte como algo menos doloroso, dejar a un lado esas mamadas de selección al cielo o el infierno, bajo la evaluación del comportamiento en estricto apego a las reglas escritas por los hombres y cubiertas de mentiras de un falso Dios.

En verdad les digo que la vejez es el infierno más cruel que cualquier culero puede atravesar, malditos viejos decrépitos que ensalzamos la proximidad de la muerte, debiéramos irnos a la verga como los elefantes a un cementerio lejano, para no estar deteniendo el progreso de todo con nuestras mamadas añejas, creyendo que por ser viejos sabemos más, no es verdad, nos hemos equivocado tanto que el pesar de nuestra existencia errada nos aplasta a medida que envejecemos.

El miedo a todo me pobló y me convirtió en un cobarde, que teme cualquier intento de algo que incluya un riesgo, bajo esos conceptos miserables he limitado a todos aquellos que intentan cualquier cosa. No hay peor consejo que el de un pinche viejo decadente, antes de consultarle, mira bien a su alrededor, si fue exitoso, tuvo amantes a montones, hizo los peores desmadres y logró avanzar puede que tengas frente a ti alguien que tenga algo que decir. Pero si es un viejo decrépito, lento, arruinado, en espera única de ser liberado por la muerte, larga de inmediato tus pasos de ese ente maldito y no prestes atención a una sola palabra suya, pinches viejos payasos que ya en la decadencia clamamos al cielo un poco de misericordia y del cielo no hay respuesta, pinches viejos payasos que buscamos consuelo en las frías iglesias que sólo representan muerte y retraso. Ya de viejos queremos darle huesos y pellejos a Dios.

Me miro al espejo y reniego la existencia, la imagen representa el maltrato a mi carne y alma, despierta como siempre el asco. Ahora resulta que los años nos hacen buenos, no es verdad, los viejos cargamos a cuestas la podredumbre de todo aquello que no se culminó, los cadáveres de deseos que nunca ejecutamos. Quisiera acumular la fuerza suficiente para convertirme en un hombre bomba y estallar en uno de los recintos donde se reúnen las peores ratas y los más perjudiciales seres para compensar un poco la negligencia de mí mismo y morir como un héroe.

PIERNAS DE
ELEFANTE

*C*horos *a la tira* Hank, ¿Erecciones, eyaculaciones y exhibiciones...? ¿Mujeres...? ¿La máquina de follar...?

Los alcohólicos de verdad somos patéticos, concluimos todo en discusiones sin sentido que regularmente acaban en pleito. Bebemos por la incapacidad de no poder decir lo que queremos en el momento que tenemos que hacerlo, es por ello que ya ebrios hablamos de más para terminar arrepentidos, con culpas aplastantes, a menos que hayamos desarrollado un alto grado de cinismo o nos mantengamos ebrios las veinticuatro horas del día para preservar el *valemadrismo* que nos regala el etanol. Los únicos que no experimentan remordimientos son los sociópatas, los alcohólicos sólo somos seres atormentados, esa sensación de ser interesante se diluye en el tercer trago, cuando comienzas a creer que sabes más que los demás, cuando te proclamas mejor peleador que Muhammad Ali, o que has cogido más rubias, pelirrojas y morenas que nadie, todo es mentira, cuando uno está ebrio no se para la verga, el pito es una especie de carne inanimada, si no somos capaces de mantener el equilibrio, menos de introducir el pene en una vagina, no se realizan grandes conquistas. Yo he estado ahí cientos de veces, me ha tocado despertar con un chito marchito y no saber qué fue lo que pasó y sufrir demasiado por imaginar todo lo que pudo haber pasado, no recordar ni siquiera nuestros nombres. La conquista con otras ebrias es el

empatar con chicas acomplejadas, mujercitas que ya ebrias se creen sexys y se atreven a hacer a un lado sus grandes penas y sus limitaciones emocionales; cuando el alcohol ha subido al cerebro es cuando entonces bailan, sonríen, coquetean, abrazan y contonean sus cuerpos de forma ridícula. Es muy sencillo en los bares identificar a las chicas con la autoestima por debajo del suelo, carcajean estrepitosamente para llamar la atención o creen que con ese desparpajo hacen notar que entienden a la perfección la broma, la charla o simplemente actúan por exteriorizar la opresión que traen a cuestas y el estado etílico les libera. En la ebriedad se pierde todo sentido de la estética Hank, todo es una fantasía, es nuestra imaginación que trata de evitar a toda costa la realidad apabullante. Jamás verás caminar parejo un huarache achicharrado y una zapatilla de cristal, para poder andar ambos deben ser zapatillas o huaraches y los borrachos siempre nos asemejamos al primer ejemplo, las chicas ebrias como nosotros entran en esa categoría. Ninguna chica en su sano juicio aceptaría estar con nosotros, ni tolerar nuestros desfiguros, nuestros arrebatos, nuestra violencia injustificada o nuestro hablar como idiotas, el quedarnos dormidos en cualquier mesa de bar, babear, orinarnos o cagarnos en los pantalones, regresar del baño con los zapatos salpicados de orines y la macha en el pantalón por no haber coordinado bien al guardar el pito o sacudirlo correctamente, no aceptarían besarnos después del vomito o haber arrojado una gran cantidad de cacahuates con ajo a nuestras bocas poco higienizadas. A la primera muestra de cambio de personalidad saldrían dejándonos en nuestra zona de confort y a nosotros, a decir verdad, nos valdría madre, un verdadero bebedor prefiere el alcohol que a las mujeres. Sin embargo siempre hay con quien empatar nuestras almas rotas, nuestros corazones estropeados, nuestros amores fallidos que intentamos suplantar con compañías poco apreciadas, siempre hay con quien disimular nuestros resentimientos, nuestra anémica esperanza, nuestros sueños cuarteados, y por supuesto con quien alardear los delirios de grandeza que posee todo borracho para mantenerse a sí mismo creyendo en una firmeza inútil, en el supuesto orgullo erguido e inquebrantable. Los borrachos inventamos constantemente un éxito próximo que nunca llega y exacerbamos actos siempre ante otros miserables como nosotros, gritamos los pequeños logros y cacaraqueamos como gallinas antes de poner el huevo, fingimos bienestar y criticamos mucho para repeler al adversario, porque nos sabemos débiles; el alcohol nos proporciona la fuerza necesaria para no deshacernos como un diente de león con el primer soplido. Inventamos una y mil excusas para justificar nuestros incumplimientos y además nos ofendemos si cuestionan nuestra pútrida vida, pero eso sí, algunos sabemos escribir bien y crear nuestras propias historias que con un poco de suerte podemos influenciar a más de un pobre diablo. Pero Hank, tú exageras demasiado, nadie puede querer a alguien con hedor de pies, uñas largas como de gato y manos gordas, nariz roja brillante, piernas de elefante peludas y esa enorme panza blanca. Nadie con esos niveles de alcoholismo puede tener las bolas grandes como pera de box y mucho menos disparar como ballena. Los malditos ebrios despertamos entre los olores insoportables de flatulencias de crudos y con dificultad podemos hallarnos el pito, meamos en varias direcciones sin control del chorro y salpicamos todo de meados amarillos, vomitamos amargo y avanzamos temblando como afectados por Alzheimer, somos vulnerables y sin destreza física en condiciones de resaca, sin embargo siempre es bueno que alguien nos aliente. Sabemos perfectamente que otro trago y dormir nos dará la energía necesaria para llegar sonrientes ante nuestro círculo de amigos y reírnos mucho de lo que pasó el día anterior, mismo motivo que por la mañana nos aplastaba una depresión aparentemente insoportable.

DESPOJOS DETRÁS DE NOSOTROS

n *un principio* podíamos guiarnos por indicaciones simples y perceptibles, por ejemplo, el hedor de la carne pútrida al aproximarnos a lugares donde los despojos somáticos deambulaban, nos permitía estar preparados para el enfrentamiento y su exterminio, si la probabilidad de salir ilesos estaba a nuestro favor. El remolino de las parvadas de zopilotes nos indicaba a la lejanía los caminos donde los no vivos se congregaban, lo cual nos evitaba el transitar esos lugares y el encuentro con estos seres, de los que a medida que transcurrían los días y las noches, íbamos conociendo su comportamiento y puntos débiles, la forma o formas de contagio e incluso la sagacidad con la que se movían. Habíamos entendido que su dinamismo se encontraba ligado a la condición que tuvieron en vida: algunos de ellos eran tan estúpidos o un poco más que en su otra existencia. De esta especie había por montones y no implicaba mayor problema su aniquilación, de la misma forma había sido sencillo su contagio por sus pocas habilidades para defenderse o, en algunos casos, la ingenuidad fue su peor mal.

La mayoría de los primeros contagiados fueron personas débiles que dependieron siempre de alguien que los protegiera, por supuesto, holgazanes cuarentones que vivían a expensas de su madre, o inútiles que no habían aprendido a pelar ni un chile creyendo que siempre habría cerca de ellos alguien que resolviera sus necesidades básicas, mujeres que estuvieron a la sombra de un pendejo

que se desviviera por complacer todos sus caprichos o ponerles la mesa a cada momento. Las personas que continuábamos libres de la transformación éramos los más sagaces, hábiles e incluso maliciosos; lo cual hacia peligroso todo recorrido, ya que no sólo se tiene que lidiar con los asquerosos despojos, sino también con los vivos que albergan un grado de malicia que no les detiene el arrancarte la vida por despojarte de la pertenencia mínima con la que cuentes y que permita existir un día más en este mundo nefasto: cualquier utensilio o provisión que ayude es motivo suficiente para ser su blanco.

Otra manifestación a la que había que poner atención eran las cortinas formadas por moscas de colores metálicos, que creaban un zumbido que podías escuchar a la lejanía; cuando ya volaban cerca de ti o se posaban en tu rostro, manos o cabeza, había que salir huyendo rápidamente del sitio. Las enfermedades que provocan el vómito o la diarrea, podían acabarte y debilitarte en sólo un par de días, así que cualquier medicamento que pudiera contrarrestar estos males era indispensable que ocupara un lugar en tu equipaje.

Se ha dejado todo atrás y hemos entendido que nada nos pertenece, probablemente nunca pensamos que llegaría el momento de darnos cuenta, que ningún bien material merecía la pena haberle invertido la vida misma ni la atención de todas esas necesidades que el maldito sistema nos inventó y creó, ante las cuales sucumbimos. Que la vanidad es sólo un trapo sucio con el cual puedes limpiarte el culo y tirarlo en el sitio más exclusivo.

¿Cuántos putos muertos he mirado descarnándose? Caminando al mismo tiempo que son devorados por los gusanos que caen dejando el rastro por donde pasan, eso sí, aún con sus corbatas y trajes caros, un tanto manchados por sanguaza, moco y pus... pero muy fina su ropa. Las féminas que atendieron el culo en gimnasios y broncearon la piel, vagan con sus ropas de prestigiosas marcas hechas trizas, mientras lo único que lucen son sus intestinos putrefactos que ya no pueden perfumar.

En un principio estos eran los resultados, sin embargo, ya cuando diez o veinte pendejos eran transformados, la suma de estos podía atrapar a un vivo y chingarlo; y de esos vivillos hay que cuidarse, porque sus movimientos son más veloces y su fuerza mucho más difícil de enfrentar.

No sabemos cuánto tiempo ha pasado, pero hemos aprendido a sopesar la angustia y sobrellevar la incertidumbre, si en la vida que corría normalmente no podíamos darnos el lujo de estar en la pendeja, ahora mucho menos. Todo el tiempo es una constante alerta, el descanso debe ser ligero, nunca profundo, a menos que el grupo sea confiable, fuerte y sus guardias así nos lo permitan. Me gustaría contarles cómo nos dimos cuenta de que esto estaba cambiando, pero la realidad es que ni siquiera importa cómo pasó o por qué pasó. Creemos que los experimentos de quienes se creyeron más vergas que todo el mundo se salieron de control y en algún punto todo concluyó en una muerte sin descanso.

En alguna ocasión encontramos una casa donde refugiarnos, dentro había dos no vivos muy graciosos, uno de ellos había entrado por la puerta, seguramente siendo amigo del huésped del predio, el cual encontró sentado a su aliado adicto a los videojuegos, que ahora caminaba como un despojo tordo del sillón al muro donde se encontraba empotrada la pantalla de 55" aún encendida, reproduciendo la melodía musulmana que acompañaba el juego *Credo de Asesinos*, chocando graciosamente de un lado al otro, del muro al sillón y viceversa, aún con el control de la consola en las manos; sólo fue necesario jalarle del cordón del control hasta afuera de la vivienda y ahí pusimos fin a su estupidez eterna, mientras que al otro, de una patada en el culo lo echamos fuera y mutilamos su cabeza. Encontramos en la alacena una buena dosis de comida chatarra aún con holgura en la caducidad y suficientes sodas para aplacar nuestra sed durante los días que ahí estuvimos.

Definitivamente en un principio todo fue más sencillo, aunque complicado de asimilar. Cada vez crece la muerte, cada vez crece la soledad y nos vamos resignando a morir, o a penar decadentes y asquerosos. No sé por qué esté sabernos próximos al fin nos aterra tanto, si es al final a que llegaremos todos. ¡Maldita sea! me repito contantemente, morir es lo único seguro, pero me niego a hacerlo en manos de estos despojos detrás de nosotros y lucho día a día por mantenerme en este plano en el que, de igual manera, no llegaremos más allá de nuestra propia muerte.

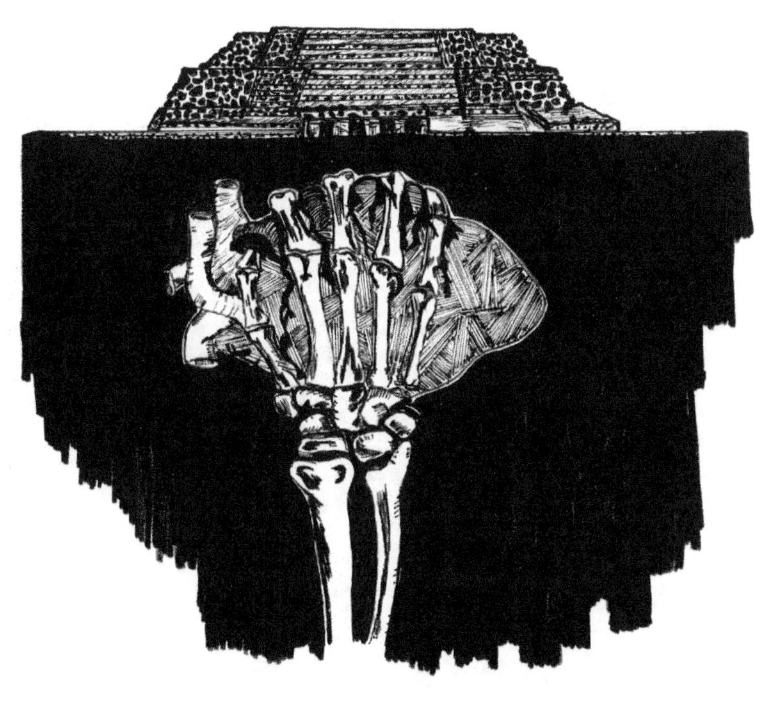

CÓMO EL GRAN CUITLÁHUAC
VOLVIÓ PARA VENGARSE DEL
ÁRBOL GENEALÓGICO DE LOS
DÍAZ Y LOS CORTÉS
EN IZTAPALAPA

Todos *quedamos impresionados* ante el cuerpo inerte
del Sr. Díaz, o mejor dicho los restos que quedaron
esparcidos sobre el adoquín mugriento de
Culhuacán, si bien en estos tiempos es común encontrarse
al amanecer cuerpos de mujeres, homosexuales, y hombres
vinculados a las drogas, descuartizados o con balas por todo
el cuerpo, más el tiro de gracia simétricamente colocado al
centro de la frente, esto salía de toda posibilidad de un ajuste
de cuentas, era como si una garra gigante hubiese arrancado
de un sólo tiro su columna vertebral y caja torácica, como
cuando uno arranca el esqueleto de una mojarra frita,
el torso deshuesado se encontraba desparramado con las
vísceras en composiciones amorfas multicolores, las moscas
y las ratas habían llegado antes que todos los curiosos,

---

1 Bernal Díaz Del Castillo nombró a Cuitláhuac como Cuadlabaca
2 Capitulo LXXXVII *Cómo el gran Moctezuma nos envió otros embajadores con un pre-*
sente de oro y mantas, y lo que dijeron a Cortés, y lo que les respondió. Historia verdadera
de la conquista de la Nueva España / Bernal Díaz Del Castillo - Primera edición
Colección Austral NO. 1274 /México 12-X-1955 Pag.183-184

disfrutaron durante algunas horas antes de la claridad del día, el menú que ofrecían las carnes de Bernal Díaz, lo que quedó de la cabeza y la máscara mostraba los ávidos mordiscos de los roedores miomorfos, el área prontamente fue acordonada, al cuerpo lo cubrieron con una sábana blanca, que al momento de caer sobre los restos como una bolsa de paracaídas absorbió la sanguaza y formó una imagen que nos dejó atónitos, sobre la manta se dibujó la silueta de Cuitláhuac en posición orgullosa, señalando hacia el centro de la Ciudad de México o lo que fue la gran Tenochtitlan, la imagen era tan clara como la del manto sagrado, el fragmento del esqueleto mostraba intactas siete vértebras cervicales, doce torácicas, cinco lumbares, el sacro, el cóccix, clavículas, omóplatos, esternón, humero, cúbito, radio, carpos, metacarpos y falanges; todo encorvado, como si antes de haber sido arrancado de tajo hubiese visto algo que le provocó un miedo incontrolable que lo obligo a enroscarse como serpiente con manos.

Después de las tomas fotográficas por parte de los forenses, ir y venir de inútiles peritajes, llanto y gritos de los familiares, se levantó el cuerpo literalmente con pala, quedó custodiada el área por un par de inútiles policías que se dedicaron todo el tiempo a observar sus celulares, el trasero de las transeúntes y descansar sus manitas dentro del chaleco antibalas a la altura del pecho, ese 30 de Junio de 2017, en pleno festejo del "497 Aniversario de la Noche Triunfal" ocurrieron estos hechos, se dice que fue realmente una noche inusual, nubes grises ensombrecieron casi hasta la oscuridad el Cerro de la Estrella y sus faldas antes del ocaso, el viento arreció silbando de forma espeluznante, los habitantes de todos los pueblos cercanos a Culhuacán se resguardaron en sus

casas, así que nadie pudo ser testigo del crimen, a la fecha no hay explicación de cómo había llegado Don Bernal al lugar donde fue hallado desmembrado, la familia Díaz después de 48 horas pudo recuperar el cuerpo seccionado y realizó el tradicional velorio de cuerpo presente, en el garaje de su casa, la mansión Díaz era la edificación más hermosa de los alrededores, siempre fueron los que gozaron de riquezas y mantuvieron una ligada relación con la iglesia, su enorme residencia rendía culto a la opulencia, ubicaba en la calle Morelos, muy cerca a Av. Tláhuac; exactamente a un costado de la capilla conocida como la cuevita, donde se divulga el mito de la aparición del Cristo acompañado de dos ángeles, el hedor en el velorio era insoportable, la putrefacción esparcía un amargo olor que escapaba de la caja a pesar de supuestamente estar cerrada herméticamente, las señoras del coro del calvario no podían articular palabras y concluir los rezos con sus voces dolientes, vomitaron en el intento más de una vez, algunas de estas viejas cubiertas de la cabeza con encajes negros, vomitaron junto al féretro en presencia de todos los asistentes, a pesar de su insistencia por concluir el rosario, nunca pudieron lograrlo, el velorio fue el sitio donde comenzaron a resultar discretos comentarios acerca de la maldición que por siglos pesa sobre la genealogía de los enemigos de Cuitláhuac.

En el cuchicheo se divulgó la existencia de un monstruo que habita la Cueva del Diablo, una horrorosa criatura condenada a la oscuridad, la cual gruñe como ningún animal mitológico que pudiera describirse, la sola mención del monstruo y las supuestas descripciones acerca de su figura ha creado un temor infundado en todo aquel que le escucha, un miedo terrible, un frío que corroe el espinazo, principalmente si se ha escuchado el gruñido por las noches de luna nueva.

El lugar donde se celebraba el homenaje al difunto, poco a poco fue quedando solo, unos cuantos familiares, la víctima y un cristo de oro con un semblante de dolor exacerbado que colgaba al fondo del muro en un miserable clavo colocado en la pared, el novenario transcurrió desolado y sombrío, habían llegado al quinto día de los rosarios cuando en el mismo sitio donde fue ejecutado el Sr. Díaz, apareció un hombre de apellido Cortés, en similares condiciones, el dorso del cuerpo y las vísceras desparramadas sobre las piernas intactas, esto tan sólo a unos metros del sitio acordonado y los dos imbéciles policías, la cabeza fue arrancada con la columna vertebral y tirada sobre el sombrero del kiosco, una vez que pudieron subir a la cúpula se percataron que las cuencas de los ojos estaban vacías, todo describía, como si una águila gigante hubiese tomado a la víctima por la cabeza enterrando sus filosas garras, y al momento de levantarlo los tejidos de la piel no hubiesen resistido por el peso del cuerpo obeso de don Cortés, terminando por desgarrarse entre los hombros, una vez abierta la piel dejó salir limpia la sección del cuerpo hallada sobre el tenderete, la inmensa laceración mellada en el cuello entre los hombros mostraba una cavidad sangrienta y profunda, vacía, como la propia alma de la víctima; la familia del Sr. Díaz, prohibió cubrir el cuerpo por temor a encontrarse con otra imagen dibujada en la tela que utilizarán, sin embargo, el propio viento les contaba en su silbar la proximidad del fin de estas dos familias, el semblante de los Cortés y los Díaz se convirtió en la máxima expresión de los seres aterrados ante un peligro, se sabían impotentes a donde fueran, la bestia los encontraría, su imagen estaba lejos de toda arrogancia antes vista, la revelación de este suceso aclaró que la maldición rumorada durante siglos, era tan cierta como la gran historia que respalda estas tierras, la sensación de temor que pesaba sobre la población aledaña al Cerro de la Estrella se fue desvaneciendo y comenzó a ser suplantada por la certeza de estar a salvo sabiéndose ajenos a esos apellidos, pronto uno a uno de los integrantes que formaron el árbol genealógico de estas descendencias, fueron desapareciendo, algunos de los adultos murieron de formas trágicas y sangrientas, otros simplemente nunca volvieron a casa, los adolescentes de estas familias fueron mostrando cuadros de enfermedades extrañas, lepras, cáncer, neumonías, sífilis, lupus, incluso gripes imposible de curar; un año después del hallazgo en el centro de Culhuacán, de los Cortés y los Díaz, sólo quedaban sus propiedades desoladas y grises, expuestas al deterioro, el infante de apenas tres años de nacido y último sobreviviente de los Cortés, había sido bautizado bajo el nombre de Hernán, trataron de ocultarlo, en el intento de salvarlo fue encargado con unos pobladores que habitaban en Ermita, cuentan que una noche el llanto de Hernán era imparable, angustioso, desesperante, bajo la vigilancia de la familia responsable se realizó todo lo necesario para calmarlo, sin embargo sus intentos fueron en vano, transcurrió toda la noche del 30 de Junio al 1 de Julio con ese llanto inconsolable, llamaron al doctor, el cual dijo que el pequeño no mostraba signos de ningún mal físico, recurrieron a los remedios ancestrales, le pusieron chiqueadores de ruda, le jalaron el cuero por si era empacho, le colgaron un ojo de venado con un listón rojo en la muñeca derecha sin obtener resultado, cerca del amanecer el llanto cesó, con un suspiro sus tutores regresaron a descansar en un silencio casi total, excepto por los motores de los vehículos pesados que circulaban próximos a la claridad del día por Av. Ermita; se dice que en la casa donde se encomendó la seguridad del niño, se escuchó un grito que quedó atrapado en el eco del Cerro de la Estrella, al medio día cuando los señores de la casa despertaron, se encontraron con trozos de la carne tierna de Hernán esparcida por la habitación, las paredes y techo salpicados con sangre del infante, el pecho expuesto sin corazón, le fue arrancado por una filosa garra, dejando salidas las venas y arterias que estuvieron conectada en él para circular la sangre que lo mantuvo vivo; al mismo tiempo que ocurría esta tragedia, un sol radiante brillaba sobre la pirámide del Cerro de la Estrella.

DÍA POSITIVO

*D**ebería tener una* vida mejor, pensaba esa mañana que me parecía tan gris como todas las mañanas de los últimos siete años, el esfuerzo no ha sido poco, quizá, sólo quizá sea que este sobre valorando mi propio esfuerzo, así constantemente evaluó cada situación, cada nuevo comienzo, el proceso, la insistencia, el aferramiento, los sacrificios y claro los resultados, los resultados me parecen definitivamente dispares, las putas balanzas parecieran un tanto desajustadas en mi existencia, descalibradas como mis pensamientos, como mis desvaríos, sí, mis pinches resultados tan desiguales al esfuerzo invertido, las relaciones amorosas han sido por consiguiente igualmente un fiasco, no me queda decir que ellas han sido el error, quizá la mayor parte de las veces yo he sido quien tuvo la grandiosa idea de cagarla, pero no estamos en un juicio frente a un juzgado de lo familiar, en realidad es sólo un ejemplo de lo desbalanceado que me siento, de lo desnivelando que Dios puso el piso de mi vida, pinche Dios miope que quizá sea el que ocupe mi cielo ennegrecido, hoy como todas las mañanas desde hace siete años, me levanto con la firme intención de avanzar a paso agigantado, pero un desanimo aplastante se levanta al mismo tiempo, un desgano aplastante que avanza a mi paso, impidiéndome lograr los objetivos, me va metiendo el pie todo el tiempo, sin embargo, intento funcionar pese a este sentir tal limitante; sonrío y continuo, a decir verdad, algunas veces he pensado en darme cuello, pero imaginar todo el desmadre que voy a dejar, pensar en el momento tan desagradable cuando descuelguen mi cuerpo amoratado con la lengua de fuera, una marca horrible en mi pescuezo, y que me recuerden con ese semblante y me anexen a la larga fila de los que cobardemente desertaron de la filas del existir, me da hueva y un poco de pena (agradezco a mi narcisismo el no permitir ahorcarme), entonces decido continuar, creo que llegará el momento de disfrutar y cosechar los frutos que se han sembrado, entonces sigo, pienso que debe haber un resultado benéfico al final de este camino que recorro, no sé bien si lo elegí o el destino me colocó en este sendero, así que si ya estoy aquí mejor le camino, todas las mañanas observo la claridad del día a través del cristal que da a la calle, los cables eléctricos, los postes de concreto y al árbol talado por el vecino, escucho al perro que ladra por todo lo que pasa detrás del portón donde ese encuentra encerrado, al mismo tiempo que camino torpe, soñoliento, estirándome y bostezando hacia el baño, directo a cagar, descargo los alimentos procesados que me consumí la tarde y noche anteriores, algunas veces sufro con las complicaciones que me proporcionan las lindas hemorroides que padezco, incontinencia fecal, ardor, una comezón insoportable que me incita querer arrastrarme con el culo frotándome en el piso como perro, pero como me encuentro impedido para hacerlo, sólo aprieto, suelto, aprieto y suelto el recto, suspiro y cago lo más que puedo; pequeñas bolitas de excremento como borrego, pero ese no es el pedo, llegar al momento de tener que limpiarme el culo eso sí que es una proeza, he elegido todo tipo de papeles de baño, tratando de encontrar la suavidad que prometen, buscando la sensación de limpiarme con una nube de algodón, pero los papeles suaves al momento de jalar se rompen dentro de la raya del culo, dejando así toda

la mierda embarrada en los dedos, he cambiado a algunos que prometen más resistencia, pero son ásperos y lo áspero para mi culo en esas condiciones, son como las tachuelas para el águila descalza, por lo cual al final he optado por las toallas para limpiar culos de bebé, respiro profundo y jalo la nalga izquierda para abrir un poco el ano, que por los dolores pareciera cobrar vida propia y se aprieta como si fuera ajeno a las instrucciones de mi persona, forcejeo entre los músculos del culo y la mano hasta que logro abrir un poco para introducir lo más profundo que puedo la toalla y limpio con sumo cuidado para no exacerbar el dolor, miro el contenido en la toalla (mierda y sangre), respiro profundo, siento estertores, espasmos, contracciones y doblo la toalla, repito la operación varias veces o varias toallas hasta que lo único que miro son unas cuantas manchas de sangre en la superficie blanca y húmeda de la toallita de algodón, el siguiente paso es la regadera, donde hay que sufrir un poco más para higienizar el ano con agua y jabón, lentamente tallar con mucha espuma y frotar con la mano, para eliminar las escorias de mierda que pudieran haber quedado adheridas a los pliegues del ano, secar el fundillo es otro enfrentamiento con el sufrimiento, es como cagar una iguana en reversa, como si sus escamas fueran abriéndose paso entre los pliegues del puño de ligas, provocando que desee morir, pero como ya lo dije antes el suicidio no es para mí, ahí estoy yo con el culo adolorido, concluyo el proceso de secado y procedo a cubrirme con las ropas, una vez vestido, limpio y perfumado, nadie sabrá de mi culo rojo como macaco, pongo un pie en la acera y ajusto mi teléfono celular en la plataforma que me provee de música, doy *play* para desconectarme del mundo que me parece tan ajeno y sin sentido, Evaristo de La Polla grita: «*Me he mirado en el espejo / Y no me he reconocido en el*

extraño / *Que se ve tras el cristal / Si el pasado y el presente se reflejan y no mienten / Tengo que hacer algo por mi porvenir»* avanzo ajeno al mundo, reconociéndome en lo que escucho, cantando camino hasta la parada del microbús, hay varios vatos cansados de la vida como yo, pero creo que ellos no lo reconocen, también hay algunas chicas hermosas y perfumadas, frescas por el baño matinal, a veces estas compañías me aligeran la pesadez del viaje en estos vehículos endemoniados, el chofer recibe mi moneda y la coloca en su marimba de una forma automática, yo no soy un hombre, tengo un valor de cinco pesos para él, indica con su voz ñera que le pasen todos para atrás, es inevitable respirar los perfumes, los alientos agrios, amargos, los alientos hediondos a cloaca y fetidez de hígado madreado, entre el aroma que se mezcla de los maquillajes de todas las mujeres que viajan a mi lado y toda la bola de jodidos que día a día aquí vamos, sigo escuchando a La Polla Recs; mientras muevo la cabeza al ritmo de *«Si el amor es posesión / Yo soy capitán de un globo, es mejor la soledad que andar haciendo el bobo...»*, llego a mi destino con alguna satisfacción por el juego de las miradas con la chica hermosa que también intercambió su mirar con el mío, al final es sólo un escaneo diario entre weyes y chicas, a nadie le importa la otredad, tal vez tengamos oportunidad de vernos mañana u otro día, es posible incluso que nos hablemos en algún momento y salgamos a beber un café o unas chelas y luego a coger, y tengamos hijos y nos vuélvanos neuróticos en la convivencia diaria, y terminemos odiándonos (como los personajes de la canción de la chica yeyé), por haber juntado nuestra miseria al conocernos en el microbús del estúpido que nos hizo la parada, todos las posibilidades se desvanecen ante la puerta de mi empleo, saco los auriculares de mis oídos

y me conecto de inmediato a la *Matrix*, el ruido, la gente, los autos, los empleos, el tiempo, el trabajo, el jefe, la producción, las masas, el tráfico, la delincuencia y todo aquello que nos circunda, en fin haré lo mejor; pienso nuevamente en mis objetivos, en no ser uno más entre los demás autómatas, en la posibilidad de un futuro mejor, en la posibilidad de la libertad, de la huida, del irme lejos, pasear, escuchar música, conocer personas con quien me sienta bien y no la convivencia con todos los pendejos que regularmente he conocido en escuelas y trabajos donde me dicen que me sienta agradecido con un Dios miope que habita mi cielo negro, agradecido con el santo patrón empresario hijo de perra que me da la oportunidad de tener un trabajo en una época donde reina el desempleo, suspiro nuevamente y pongo mi mejor cara, coloco mi gafete y checo mi hora de entrada con la cinta magnética, me dirijo a mi lugar sabiendo que otra vez veré la cara de mi supervisor, ese maldito acomplejado que le sonríe a Andrea porque quiere cogérsela y mientras a mí me caga todo el tiempo por poner mi bebida en el escritorio, por no sentarme recto, por moverme constantemente en mi asiento, en fin cualquiera de mis actos es motivo para que al cara de culo se le ocurra estar hinchándome las bolas, sé bien que son ganas de chingar, porque Andrea es a mí a quien mira y esto le patea su orgullito al pendejo, entonces en su cabeza de piojo lo único que puede determinar es verme como enemigo o como una posible amenaza, esta aparente humillación la traduce en una afrenta, la transforma en enojo y lo impulsa a hostigar mi persona, abusando de la posición jerárquica en la que se encuentra, recuerdo nuevamente a La Polla Records *«las jerarquías son una porquería»* todos sabemos que es sobrino de la esposa del dueño, que está ahí por lastima, que carece de talento,

de capacidad, que no termino sus estudios, pero tiene sueños de grandeza, él se siente el mero mero, es lo que le dicta su complejo de inferioridad oculto en la soberbia, así son los pendejos, es posible que un día mi odio reprimido estalle mediante un vergazo en su nariz respingada y sus ojos verdes como caca de gallina, y entonces me ponga perro con Andrea y cojamos y después de eyacular y alcanzar el éxtasis, hablemos del cara de pendejo y su modo estúpido de hablar como fresa, los pendejos se reconocen hasta en la forma de caminar, arrastran las patas, están jorobados, ríen como estúpidos y conversan siempre de los demás, los delata su pereza sólo de verles dan flojera, el cara de culo se siente fresa, habla exageradamente ridículo *«noowee, siwee, nomames wee»* en ese tono cagantemente falso, el cara de culo también llega en el micro y es posible que también traiga el culo como mono, él no sabe que me muevo todo el tiempo en la silla por las pinches almorranas que torturan mi fundillo, a decir verdad nadie lo sabe, nadie sabe que aprieto y suelto el ano una y otra vez para darme un poco de masaje, intentando aplacar la picazón, a menudo corro al baño y saco mis toallas para limpiar culos de bebe, me froto con suavidad para calmar un poco la insistente comezón, claro tampoco creo que sea prudente que se enteren que traigo unas lindas varices en el culo, espero que nunca vayan a reventar, una de las razones por las que no he intentado nada con Andrea es el terror que me causan sus grandes y afiladas uñas, tiene unas manos hermosas, blancas, dedos alargados y finos, los anillos que usa le van muy bien, los colores del barniz que le aplican en los salones donde se procura la manicura quedan brillantes, pero sólo de pensar que podría ser muy perversa e intentar darme una engatillada al momento de estar cogiendo y que podría reventarme una hemorroide, freno de inmediato mi intento de conquista, sería muy ojete salir en primera plana, joven muere desangrado por el recto en un hotel de Tlalpan, después de haber sido estimulado por el punto G, y yo sobre la cama Queens size desparramado sin vida y la mancha de sangre debajo de mi fundillo, Andrea histérica llorando con sus bellas manos manchadas de sangre y mierda, no lo puedo permitir, así que continuo evitando relacionarme con Andrea o cualquiera de las compañeras que al igual que yo marcamos teléfonos para embaucar compradores compulsivos, venderles lo que ellos estúpidamente llaman estatus al contratar la tarjeta Premium o llave del mundo, yo lo llamo llave de deudas, pero bueno la objetividad es distinta; la hora de la comida no me gusta compartirla con nadie, ni hablar de cuantas ventas hemos pegado y esas mamadas, regularmente me busco un sitio alejado de los demás godines y como tranquilo, vuelvo a dar play a mi plataforma digital que me parece muy barata y claro se escucha de la verga en mis audífonos de 20 pesos, pero no me importa, Eskorbuto canta «*Anuncios publicitarios, que prometen felicidad, de algún producto de moda que te hará cambiar, comprador que entra en la tienda al acecho del vendedor, vendedor que vende producto, comprador que se vaya a mamar...*» mientras muevo mi pie al ritmo y la rabia de Juanma, Iosu y Pako, mastico mi súper torta de milanesa sentado en una banca verde que ostenta el escudo nacional fundido en la misma pieza, sobre la cual descansa ahora mismo mi culo rojo, la frialdad de la banca le da un relax a mi fundillo, miro el reloj en el display del celular y me doy cuenta que tengo que acelerar el paso para llegar a tiempo y volver a checar mi regreso al empleo, me consuela saber que voy sólo por dos horas más y después seré libre, vaya, a veces creo que debiera tener

más, vivir mejor, estar en una situación distinta y tal vez sea por andar todo el tiempo escuchando a pendejos como estos que murieron por adicción a la heroína.

Las 6:00 pm, hace diez minutos la mayoría de mis compañeros estaban ya listos para enfilar a la puerta, cosas guardadas, chicas maquilladas, cagados y miados, yo como siempre aguantando la mierda hasta llegar a casa, demoro demasiado en el baño, por aquello del culo estriado, además nunca me ha gustado ser de ese tipo de ojetes que salen como pedo de sus trabajos, se me hace algo mediocre y miserable, conformistas, imagino que así hacen todo en su vida, es decir sin compromiso, sin pasión, a mi entorno tres o cuatro que tal vez piensan como yo, uno es el anciano Charly, tiene 65 añitos y es entregado en el trabajo, también en algunas ocasiones hemos cruzado palabras y me ha dicho que él ya es viejo, que no puede exponerse a que lo despidan, que es muy difícil por su edad contratarse en otro lado, quizá su temor lo motive a ser entregado, aún esta entero el viejo, es de los pocos que me caen bien, aunque he visto que el supervisor también le carga la mano, también esta Sofía, ella en realidad tiene un perfil de queda bien, nunca dice que no, pero no se le ve muy convencida; habla como niña ñoña a pesar de ya estar arriba de los treinta, es soltera y no es para menos, no es agraciada, un poco rolliza, cabello lacio, seco y cenizo, espinillas de puntos negros en la nariz, bigote, pelos en las mejillas, como una extensión de sus patillas, usa lentes y viste muy mal, su voz es desesperante, no me imagino una charla mayor a cinco minutos con esta mujer, siempre sonríe frente a todo el mundo, pero en la primera oportunidad de platica su tema es quejarse, sin embargo avanza, está también ese chico Uriel, es ensimismado, un poco retraído, he visto que siempre escucha música o está en sus momentos libres entretenido en los juegos de su móvil, no habla más que lo necesario con la gente, pero le he oído hablar y tiene un léxico extenso, es educado, respetuoso, sin embargo en sus ropas, se aprecian sus carencias, trae unos zapatos aunque muy bien boleados, chuecos y gastados, sus pantalones y camisas roídas y arrugadas, como si no tuviera con que planchar, todas las tareas que se le asignan siempre las cumple, es lento pero preciso, nos hemos cruzado y nos saludamos, me cae muy bien, he visto como hablan y hacen mofa de él algunos pendejetes de nuestro departamento, en esos casos les aviento la clásica mirada matona, aquella que en silencio dice —ya te oí hijo de tu puta madre—, entonces los cobardes callan y cambian el tema, la otra es Andrea con sus amenazantes uñas, teclea y suena el rasgueo sobre el plástico, siempre esta recta, bien sentada, impecable, es de esas personas que todo en ellas es ordenado, huele delicioso y no se permite el error, sabe que es la más guapa de nuestro grupo, pero también sabe que no es mejor que nadie, a veces hasta he creído que espera a que yo salga, he visto como me observa mientras trabajo, quizá sólo se pregunte por que me muevo tanto en mi asiento, ella sabe que me gusta, tal vez me apunte y le pida que corte esas amenazantes uñas que me aterran, el color de su labial es de un rojo carmesí, nunca de otro color, resalta el contorno de sus labios carnosos, le gustan los suéteres de cuello de tortuga, le quedan muy bien, la figura de sus senos es impresionante, imposible de ignorar, no son grandes pero sí muy firmes, es delgada y usa unas faldas entalladas que delinean sus caderas y dejan ver la belleza de sus torneadas piernas, tiene el dominio de sus zapatillas, es de estatura media y su cabellera negra está por debajo del centro de su espalda, sus cejas siempre están dibujadas perfectamente, sus ojos son expresivos y brillantes.

Vamos saliendo uno a uno, ya está oscuro, el tráfico de la hora pico ha disminuido, avanzamos despidiéndonos del vigilante que tiene una pinta de mariguano que no puede ocultar, pinches mariguanos siempre me han dado la impresión de que son seres muy flojos, lentos, mugrosos, hasta cierto punto abandonados, su dentadura es amarillenta y sus uñas sucias, finge ser muy amable, pero para mí que en sus veinticuatro horas de descanso es rata o tranza o algo así, no se le cree a simple vista que sea honrado, sus atenciones y respeto exagerado lo delatan como culero, sin embargo él es el guardia en el edifico y pese a su imagen deplorable, representa "la justicia, el orden y la ley", nos damos las buenas noches entre los que coincidimos a la salida, cada quien agarra su rumbo, yo camino con Andrea hacia la parada del microbús, hablando pendejas de cómo nos fue, o como nos pareció tal o cual cosa, hasta dónde vas y esas cosas que mencionas cuando no hay un tema de conversación entre dos individuos que han coincidido en el mundo, por tener la desgracia de ser esclavos de la misma empresa, me pregunto si existe otra manera de coincidir en el mundo con otras personas, pienso que estaría muy culero que nos juntáramos o casáramos y también trabajáramos juntos, a decir verdad ella y yo no tenemos nada en común, excepto ser unos miserables que necesitamos este trabajo, hemos llegado a la parada y lógico le permito subir primero y al ver su pierna en el primer escalón, recuerdo a Lilia Prado subiendo al tranvía 133, de repente una comezón insoportable en el culo me empieza azotar, subo detrás de ella y pago los pasajes, ella buscaba el dinero en su bolso, le digo que lo deje así, nos toca de pie, el microbusero es joven, delgado, con las cejas depiladas, pide como todos los microbuseros que pasemos para

atrás, viene escuchando música nefasta como su persona, en los asientos la mayoría viene distrayendo la realidad con su teléfono, mensajeando, viendo Facebook, algunos duermen, otros con la mirada en ningún sitio mirando hacia afuera, otros platicando, Andrea y yo seguimos diciendo cosas sin sentido, de pronto, se para el microbús y ascienden tres ojetes con la misma pinta del que maneja, sacan armas y el más chacal grita —A ver gente ya se la saben, ya chingo a su madre, celulares y carteras no quiero mamadas, no quiero que le jueguen al verga, celulares y carteras—, no hay tiempo de nada, todos obedecen, sin embargo un chico se niega a soltar la mochila donde trae su computadora, se le nota lo estudiante, cuando de pronto una estruendosa explosión de un disparo, cae el chico al piso sin vida, sangrando ante la impotencia de todos los que ahí vamos, pienso si hacer el paro pero los tres están armados y enardecidos, siguen gritando y recogiendo el botín, brincan al chico muerto en repetidas ocasiones, le indican al chofer (lo más probable es que sea su cómplice) que se detenga, se bajan y continuamos el rumbo en un silencio que se rompe después de unos segundos; gritos, instrucciones al chofer para que se detenga, Andrea y yo nos bajamos a la primera oportunidad, pobre morro ya no llego a su casa le comento a Andrea, ella se suelta a llorar en medio de una crisis que no sé cómo calmar, le receto un cachetadon como he visto que los calman en las películas, reacciona después del santo vergazo, me abraza sin detener el llanto, esta impactada por haber presenciado un asesinato, un crimen más que quedará impune en esta ciudad de mierda, me ofrezco acompañarla a su casa, aunque pienso en como volveré a la mía, caminamos bajo las oscuridad de la noche, bajo un cielo sin estrellas, entre banquetas angostas, ladridos de perros, con el ánimo

hasta el piso y sin pertenencias, extraño mi celular y mis audífonos, intento consolarla con el viejo cuento de que podría haber sido peor, intento aligerar su pesar sin poder olvidar mi celular, en realidad la música es lo que más extraño, le hablo de estar bien sin COVID, en este año apocalíptico (2020), de que somos afortunados de volver a casa, en mi interior considero más afortunado al chico muerto, no sé si sea una fortuna continuar con vida en esta sociedad de mierda y su sistema criminal, sin embargo no dejo de respirar entre toda la podredumbre la delicia de su perfume, damos la vuelta a una esquina, hemos caminado aproximadamente una hora y se detiene en una casa color verde y un portón de lámina acanalada pintada muchas veces, resaltan las melladuras de las capas de pintura que están bajo la última mano y la deformación por golpes recibidos durante años, es una puerta insegura para el lugar donde nos encontramos, observo a mi alrededor autos desvencijados a dos casas, lo cual me indica que tiene como vecino a un ojalatero, banqueta y asfalto con brisa de colores, unos metros adelante una tienta donde están reunidos algunos chavos con pinta de chaquitas, me da las gracias por mis atenciones, me pide que espere y al regresar me ofrece un billete de 100 pesos, me niego e insiste en que lo tome, me dejo de pendejadas y lo pesco muy fuerte casi le saco los ojos a Cuauhtémoc del apretón, nos decimos hasta mañana y enfilo a la avenida principal que reconocí cuando veníamos hacia acá.

Al día siguiente estamos otra vez en el trabajo, ver morir asesinado a alguien no es motivo para detener el curso de la vida, es incluso cotidiano; Andrea se ve con cansancio, no durmió sin embargo me sonríe con un gusto grande, el supervisor lo nota, todos lo notan, Andrea me dice que si más tarde comemos juntos, acepto, no tengo mi reproductor, quizá sea buena idea, veo sus manos con las uñas cortas correctamente pintadas, pero las garras amenazantes se has ido. Más tarde estamos pidiendo dos tortas con todo, de milanesa con quesillo y salsa de chipotle más dos Mundet rojos, caminamos con nuestros platos a la banca donde pongo mi culo siempre, a decir verdad me parece raro ver comer tortas a esta chica tan linda, para romper el silencio pregunto por sus uñas, me dice que ayer cuando escucho el disparo me apretó tan fuerte que rompió sus uñas, es entonces cuando me señala a mi brazo que tiene marcas profundas de sus uñas, vaya que soy resistente nunca me dolió hasta ahora que me lo descubro, siento un poco de ardor y comezón, ese tema nos lleva a otro y a otro, Andrea se va poniendo feliz, sonríe, come despacio después de que yo ya terminé mi torta y mi refresco, sigue cortando pequeños trozos de la torta y masticando treinta y tres veces cada bocado, pienso que la digestión de Andrea debe ser buena, no debe tener complicaciones al cagar, a mí los médicos me han recomendado masticar bien los bocados para que el excremento pueda descender con facilidad por el recto y así evitar lastimar las hemorroides, de vuelta al trabajo Andrea regresa tomada de mi brazo, es una sensación grata, antes de entrar me agradece lo de ayer, le digo que en cuanto cobre le pagaré su Cuauhtémoc, carcajea y me dice *bobo*, en un tono que parece que dice: *mi amor*.

Regreso tan contento que mi felicidad es radiante e inocultable, provoca de inmediato a cara de culo, que no demora en solicitarme el trabajo que me asigno y al responder que aún no está listo, comienza a regañarme para lucirse frente a todos, mi felicidad es tal que tolero su pinche circo «*en fin, no jodo yo por nada mi día positivo...*», un vez que concluye sus gritos me levanto y le enfrento, pongo mi rostro muy cerca de él, despacio, firme y con huevos le digo en un tono amenazante —Mira hijo de tu puta madre más te vale que no vuelvas a gritarme, porque la próxima vez meteré tu cabeza en el excusado—, su cara de muy verga se desparrama, voltea para todos lados y se descubre exhibido ante la mirada de todo el mundo, todos en sus asientos gozan su vergüenza, concluye con un necesito todo antes de que te vayas y se larga, me siento con el doble de satisfacción y una comezón insidiosa en las nalgas, Uriel me sonríe y continua su trabajo, me siento como un héroe sin celular, sin dinero y sin música; es viernes y todos queremos salir y olvidarnos, me doy cuenta que tengo veintisiete años, que no tengo banda y no he muerto, ya no podré formar parte del club, así que me dispongo a invitar a Andrea a mi casa a ver el Netflix, al llegar a casa le digo que no tengo Netflix, ella responde— ya lo sabía —, pongo un CD, Evaristo otra vez «*Hace ya tiempo que se acabó, el bello sueño de una vida feliz, nunca tendemos un salvador que nos regale otra oportunidad...*» y nos prendemos en un beso largo.

ÍNDICE

Editorial Escombros
facebook.com/RuinAndrade

Herrera Communications
facebook.com/enrique.herrera.7798
enriqueherrera10@gmail.com

Plan de Vuelo
www.editorialplandevuelo.com
facebook.com/Plan-de-vuelo-EditorialLibrer%C3%A-
Da-356159111886615
Instagram: @plan_de_vuelo_editorial_librer

Vitrali Ediciones
www.vitraliediciones.com
facebook.com/vitraliediciones
Instagram: @vitraliediciones

Cuentos Ruines de Ruin Andrade
se terminó de imprimir y encuadernar
en el mes de diciembre de 2021,
y la edición estuvo al cuidado de
Herrera Communications, Editorial Escombros,
Plan de Vuelo y Vitrali Ediciones